A Flower A Day

日日朵朵

朵朵 著

作者簡介

朵朵，本名彭樹君。

以本名彭樹君創作小說與散文，著有《再愛的人也是別人》等二十餘本著作。

以筆名朵朵書寫《朵朵小語》，自二〇〇〇年至今也已出版二十餘集。

喜歡貓，喜歡花，喜歡天空，喜歡雨後的青草香，喜歡與世無爭的寧靜生活。

覺得善良很重要，溫柔優雅很重要，樂觀和勇氣也很重要。

住在山邊，總是從大自然中得到創作靈感，走在森林中就有回家的熟悉與安心。

天天都要閱讀、散步、靜坐和瑜伽。

時時刻刻都覺得人生如夢。

彭樹君FB

朵朵小語FB

彭樹君‧朵朵IG

朵朵寫作坊

朵朵小記

日日朵朵

我喜歡看單枝花朵插在玻璃水瓶裡，那像是某種獨處的姿態，有著一朵花的清雅與自在，還有著她獨一無二的存在。

一個空間裡只要有了一朵花，就有了芳香，有了美麗，也有了溫柔的能量。

因此我總是這麼想，凝視一朵花，是讓憂傷不安的心漸漸平靜下來最美的方法。

而這本小書裡的三百六十五則小語，就像三百六十五朵單枝花兒，如果一日一朵來閱讀它，就有了一年滿心滿室的花香。

我一直期待有這樣的一本書，把朵朵小語裡我自己最喜愛的句子摘錄成冊，在寫了二十年之後，現在正是水到渠成的時候，感謝剛剛好的安排，讓我完成了這個願望。當我再次回顧這些寫下的字字句句，彷彿走入一座秘密花園，春夏秋冬的花都一起開了，每一朵花都包含著某種當時的心境，也蘊藏著某個未被訴說的故事，我在二十年的花園裡來回漫遊張望，然後小心翼翼剪下這三百六十五朵，收進花籃裡，成為這本美麗的精裝小書。

將自己心愛的句子做成金句選集，這是個甜美又艱難的過程，畢竟喜歡的句子太多而能入選的有限，因此唯有期盼後續的可能。

親愛的，日日朵朵，一日一朵，每天閱讀一段文字，就像是每天把一朵花放在你的心上一樣，但願它能帶給你一些勇氣去面對一切發生，看顧你的喜悅與寧靜，也陪伴你度過每一個憂傷不安的時刻。希望你天天翻開它，日日都有香氣在你的心中瀰漫，日日都有美麗在你的心中綻放，也日日都能給你穿越一切喜怒哀樂與悲歡離合的能量。

1

如果失去了今天，
也就一併失去了昨天與明天。
因為昨天只是今天的回憶，
而明天不過是今天的夢想；
當今天不存在，昨天和明天也就不存在了。
所以，親愛的，
你只有今天，一生猶如一天。
除了今天，你別無其他時間。

2

快樂的秘訣之一就在於，
永遠都把今天當成生命中最好的一天！
擁抱著這樣的信念，
當然就日日是好日，天天有藍天。

3

好好吃飯、好好休息、好好工作、好好穿衣，
這就是好好對自己。
愛，有時候其實沒什麼大道理；
愛自己，也不過就是從吃飯穿衣
這種日常瑣事做起。

4

昨天已經過期了，今天正新鮮，
別讓早就過去的事情腐壞了你今天的心情。

5

世界上最奇妙的三個字，
除了「我愛你」之外，
也許就是「我覺得」。
「我覺得」能夠帶你去天堂，
也能夠帶你去地獄，
全在你的一念之間。

6

愛是開在懸崖邊緣的花，
採摘它需要無可退縮的勇氣。
而愛的勇氣，
第一步就是向你敞開你自己。

7

也許你需要做一個決定，
也許你想要對什麼告別，
請你先去喝一杯暖暖的茶，
當你的身體感覺溫暖的時候，
所做的決定也才不容易出錯。

8

悲傷像一條隧道。
人生總有經過隧道的時候。
但你必須相信，
這條隧道既然有入口，就一定也有出口。

9

還有什麼是比現在更好的時光？
就算過去再好，未來再美，
但唯一可以掌握在你手中的，
難道不是這個當下？
無論回憶或憧憬其實都是想像，
只有現在是真實的存在。

10

你該做的是好好愛自己，
讓自己趨於完整，
而不是尋找一個人
來填補你內在的空虛。

11

幸福是不需要任何條件的，
甚至也不需要別人，
只要願意往自己的心靈深處走去，
就能擁有整座青鳥飛翔的山林。

12

時間不會等待人，許多事情如果在當下沒有去做，
或許也就永遠不會去做了，
因為總是不乏理由一再蹉跎，結果就是注定錯過。
親愛的，想做的事就快快去做吧，
你的人生本來是一場又一場燦爛的花季，
別讓自己錯過一次又一次有限的花期。

13

你的生命是為了自身至情至性的綻放，
而不是為了別人偶然的路過。

14

一份愛裡，有一千種盼望。
當一份愛滋生，
你往後的人生從此開始和以前不一樣了。

15

日昇日落，月圓月缺，
花開花謝，霧聚霧散。
這個世界時時刻刻都在改變，
也時時刻刻都是永恆。

16

試著想像十年後的你，
然後，寫一封信給十年後的自己。
要真心相信有那樣一個你，
那個你就會漸漸在未來成形。
要衷心嚮往那樣的自己，
你和他就會在十年後相遇。

17

一心一用，你所做的每一件事，
才有覺知，才會充滿樂趣。
就算發呆，也要一心一意地發呆啊。
那麼，當你在夜裡躺下來的時候，
才能全心全意地安眠。

18

在過程裡盡了全力就好，
去享受那種忘我的投入就好，
至於結果和成績，
不過是過程的紀念品。

19

有時候，
愛是不離不棄，緊緊相守。
也有時候，
愛是釋放彼此自由，轉身離開。

20

哭泣不一定都是傷心，
也不一定要有理由，
有時只是因為你內在的本能
渴望清洗一下靈魂的眼睛。
就像潮汐或是宇宙裡星球的引力，
流淚也是一件很自然的事情。

21

如果你天生就是一株藍玫瑰，
那麼何必去羨慕另一座花園裡的紅薔薇？

22

看著人生無常，就像看著陰晴不定的窗景，
而你的心情是屋內柔軟的沙發，是舒服的音樂，
是花茶杯子裡飄出來的香氣。
外面的天氣不過是過眼雲煙的夢境，
親愛的，內在的平安和寧靜才是你永遠的歸依。

23

人與人之間互相映襯，
彼此是對方的鏡子，
當你看見他人的可愛時，
別人也會發現你的美好。

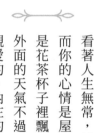

24

你問，如何從痛苦中迅速平靜下來？
也許秘訣就在於，
不要把眼前這一切當真。

25

親愛的，沒有任何一個人或一件事
出現在你生命中是偶然的，
也沒有任何一種狀態的存在是理所當然的。
所以，時時心存感謝。
感謝一期一會的相聚，
也感謝尋常生活的相遇。
一切都是因緣，一切都如花開花落的美麗。

26

每個人都有一根刺，扎在心裡最柔軟的那個地方。
也許是對於某個人的思念，也許是一個失落的夢想，
也許是一段不忍回顧的記憶，
當你想起，那根刺所扎之處就隱隱作痛，讓你潸然淚下。
但是，親愛的，也是因為這根刺，
使你歷經千迴百轉，穿透層層迷霧，終於學會看淡與放下。

27

每顆心都是一座山谷，
當你以愛呼喊的時候，
它就會發出愛的回聲。

28

你一直在尋找一個人無條件地愛你。
但是，你知道嗎？
其實你早就擁有這份愛了。
不需要任何努力，
你就擁有整片天空，擁有溫柔的清風，
也擁有在四季裡盛開的花朵，
這難道不是宇宙給你的愛嗎？

29

幸福不是擁有什麼或沒有什麼，
也不是因為多了什麼或少了什麼。
幸福就是這個當下，此刻，現在；
幸福就是因為你活著，呼吸著，存在著。

30

親愛的，無論日子是風還是火，
你的心裡都有一處可安歇的水邊，
能聽見水聲輕吟，
有流水流過一般的寧靜。

31

沒有一個人可以陪伴你到永久，
也沒有一樣東西可以永遠為你所擁有。
一切的相遇，都只是一生中的一段時光。
所以，當它來的時候，
就歡歡喜喜地讓它來；
當它去的時候，
也只能心平氣和地讓它去。

32

每天該有這樣一段時間，只是靜靜坐著，
只是享受深深的寧靜，其他什麼也不做。
讓浮躁的心沉澱，讓蕪雜的思緒平息，
讓內在穿透外在，讓身心與天地合一。
在靜止之中，你擁有的是全部的當下。
在這樣的當下，該發生自然會發生，
該結束的也自然會結束。

33

就像雲從來沒有一定的形狀，
人生本來就不是一定非要怎麼樣。

34

愛是一種甜美的放鬆，
在兩人之間自在地流動。

35

親愛的，你愛上自己，
這個世界就會毫無保留地愛上你。

36

靜靜凝視一朵花，
感覺什麼是一花一天堂。
今天的你，就做一朵花吧。
這樣的你，就擁有了春天一樣的好心情。

37

學習好好去對待一朵花，
感覺她的柔軟，也讓她感覺你的柔軟。
而你的心裡也有一朵花。
善待那朵花的同時，
你心裡的這朵花也在喜悅地綻放。

38

與其說是你活在這個世界裡，
不如說是這個世界活在你心裡。
因為世界在你心裡，
所以你才有自主能力
去安排心裡那個世界的秩序，
也才懂得快樂或憂傷
其實完全在你自己親手安排的世界裡。

39

在一個盆子裡埋下一顆種籽，
給它一個名字叫做希望，
而你對待它的態度，決定了希望會不會實現。
秘訣是：耐心當養分，愛作為灌溉的水。

40

把傷心往事當成一朵開過的花，
一朵隨生隨滅的花。
當你把它當成一朵萎謝的花，
它也不過只是一朵因風飛去的花。

41

人與人之間的冷淡往往都是誤會，
沒有誰故意傷害誰，
只是一棵含羞草遇見了另一棵含羞草。

42

心靈是無限的遼闊與奧秘，
當你走入內在的宇宙愈深，
你對外面的世界就愈了解。
內外其實是合一的。

43

親愛的，使你寂寞的並不是那個人，
而是「只有他能把我從寂寞之中拯救出來」
這樣的想法。

44

你就是自己真正的歸屬，
就是自己永恆的家，
在他人紛紛離去的時候，
你還是安於自己所在的當下。

45

快樂的奧義在於，你要掌握自己快樂的權利，
而不是等待別人的賜予。
在心靈的國土上，你就是自己唯一的國王。

46

花開不是為了誰，花落也不必難過，
花開只是為了花兒自己，
花落只是完成了一個本然的輪迴。

47

縱身投入一片未知的領域，當然是一種冒險，
可是人生本來就是一場冒險。
也唯有走上前去，你才能成為你自己。

48

親愛的，人生很不可思議，
現在看來遙不可及的事情，
經過歲歲年年的物換星移，都有可能實現。
而念力與努力，像是鐵軌的兩邊，
會帶著你朝想去的方向去。

49

做自己，就是發自內心的喜歡，
為自己去做每一件事。
做自己，就是感覺自己美好的存在，
就是隨時隨地一切都自在。

50

親愛的，安全感不在於你所擁有什麼，
而在於你對自己的感覺，
在於你是否願意信任這個世界。

51

用心去凝視流過的每個瞬間，
你知道它們都充滿著當下的美，
雖然還是這樣一天過著一天，
但你細細感受著每一個片刻的獨特，
時時刻刻就不一樣。

52

你怎麼看這個世界，這個世界就怎麼看你；
你如何對待這個世界，這個世界就如何對待你。
這是讓一個人快樂與否的關鍵和秘密。

53

美麗的花不必插在水瓶裡，
美好的人也僅止於一個錯身就可以。
生活中處處有如詩如歌的緣分，
瞬間相遇，瞬間別離。

54

與其想著你已失去的，不如想著你所擁有的。
至少至少，你還擁有可以流淚的眼睛。
而可以流淚的眼睛，當然也可以泛起笑意。

55

當你能在每一個片刻裡感覺幸福，
你也就能在一朵花裡看見整座花園。

56

每天每天其實都不一樣，也不應該一樣，
就像昨日的雲不等於今天的雲，
今天的風不等於明日的風。

57

觀看天空的心，與觀看世事的心，
是同樣的一顆心。
如果天空與世事一樣變幻莫測，
那麼心最好靜默不動。
不動，任風雨來去，任無常來去。

58

風的擁抱充滿不可思議的能量，
所以親愛的，別關在屋子裡苦悶難過，
到屋外去吹吹風吧。
讓風抱抱你，也讓風帶走你的失落憂傷。

59

最可貴的不是你所追尋的，
而是你在追尋的過程裡所產生的熱情。
所以不論結果如何，你都應該這麼想：
得到了，是一種幸福；
永遠得不到，也是另一種幸福。

60

就像春天是因為經歷了冬天才有意義，
親愛的，你也是經歷了一些努力，一些艱辛，
才能真正懂得後來所擁有的一切是多麼美麗。

61

平安不是外境的風平浪靜，
而是內心的平靜自在。
無論晴雨，無論順境或逆境，
都心平氣和地接受一切變化。
親愛的，這就是你給自己的平安。

62

是的，一定會有好事發生的！
你再一次告訴自己。
雖然你還不知道
將是什麼樣的幸運降臨在你身上，
但只要你相信，它就一定會來到。

63

許多時候以為山窮水盡，
其實轉個彎就是好風好景。

64

若是遇到不幸，先別忿忿不平，
只要想想還好沒有碰到更糟的狀況，
一切就都值得慶幸。

65

偶爾迷路也沒關係。
心無旁鶩地奔赴唯一的目的，
不過是履行了原本的行程而已；
離開預設的軌道，
你才有機會發現其他的風景。

66

沉滯的感覺總是在陰雨之中悄悄聚攏，
在陽光之下靜靜消散。
昨天的憂愁今天可能就不算什麼，
同樣的，今天的悲傷或許明天就會消失。

67

一切無需擔心。
人生不會永遠處於低潮，
就像天空不會永遠掛滿雨滴。

68

牆上的鐘，滴滴答答，
每一分每一秒，都走在「現在」的刻度上。
時時刻刻活在當下，
這就是這只鐘如此輕快的原因吧。
若要和這只鐘一樣輕快，
聰明的你應當知道，
也就是像它一樣，
時時刻刻凝視著「現在」。

69

睡吧，鬆鬆軟軟地睡了吧。
只要還有這個枕頭，只要還有做夢的能力，
沒有什麼能傷得了你。
然後，明日醒來，一切如新。

70

正因為萬事萬物移動的本質，
所以那些美好才會來到你身邊；
既然你曾經帶著微笑看著它們來到，
那麼也就帶著微笑祝福它們遠走吧。

71

許多事情，寧可因為做了而悵惘，
不要因為從來不曾嘗試而懊悔。

72

人生難免悲歡離合，
讓該改變的改變，讓該發生的發生，
你不過是佇立在時間的長河邊
看著歲月流離的倒影。

73

雖然你把他當成你唯一的恆星，
他卻不曾把你當成他唯一的向日葵。
你才是自己真正的光源。
除了你，還有誰是你自己生命核心的太陽？

74

海裡的每一朵浪花，
都可能曾經是高山上的某一片雪花。
人生是隨著際遇流動的過程，
但不論有怎麼樣的起落變化，
親愛的，你純真的本質依然如初。

75

物換與星移，宇宙一瞬間。
想不開的時候，就抬頭看看天上的星星吧。

76

親愛的，富有或貧窮，
其實是一種依你而定的心態；
你可能因為欲求而貧窮，
也可以因為知足而富有。

77

找個時間去爬爬山吧。
有些時候，與其讓自己陷在困境的流沙裡，
不如暫時離開地表。
離開地表，也許不能解決什麼事，
但至少給了自己眺望的高度。

78

有時太陽，有時下雨，有時太陽雨。
只要抱著旅人的心情，陽光雨水都美麗。

79

親愛的，一起去曬曬太陽吧，
像一隻慵懶的貓咪那樣躺臥在草地上，
什麼也不做，什麼也不想，
就只是享受這燦爛芬芳的當下，
全心全意曬太陽。

80

真正快樂的人都是懂得愛自己的人。
而愛自己的第一步，
就是接受自己當下的生命狀態。
坦然接受自己，
天使將與你同在，
生命將充滿了恩寵與勇氣。

81

既然悲歡離合本來就如雲的散聚，
那麼，親愛的，
你也就像一朵雲一樣輕盈又自由地，
穿越在雲與雲之間吧。

82

不是所有的回憶都甘美，
對於那些讓你傷感的片段，
不需要壓抑，也不需要逃避，
只要看著過去過來，然後看著過去過去。

83

先愛自己吧，
如果你就是自己的陽光、空氣和水，
愛自然會像花朵一樣，在你的世界裡繽紛盛開。

84

親愛的，想哭就哭吧，
流淚其實是一種讓自己的心靈流動的方式，
無論如何總是好的，別壓抑了內在的情緒。
一如平原因為河流而得到滋養，
山林也因為瀑布而更青綠。

85

被陽光擁抱的感覺，正是被愛的感覺。
無私的陽光總是不吝惜為你
注入源源不絕的熱力與勇氣，
所以，當你孤單無助，當你欲哭無淚，
何不仰起你的臉，淋一場光之浴，
全心全意地在宇宙的大愛裡感受那份豐盈。

86

愛一個人，是因為喜歡在愛的當下，
那種單純地只為付出的美好，
而不是為了得到被愛的回報。

87

你的價值不是別人給你的，
只能靠你自己去創造，
這包括兩部分——
對外處理事務與人際關係的能力，
以及對內提升心靈能量的能力。
這種創造自我價值對於你的重要，
就像海洋之於魚群，天空之於飛鳥。

88

因為一滴憂傷的淚，
所以開出一朵喜悅的花。

89

你知道，雲最美的時候，
就是天空最美的時候。
你也知道，你的心最美的時候，
就是你的臉最美的時候。

90

快樂的，悲傷的，
倏忽即逝。
甜美的，苦澀的，
都是生命中的輕輕一瞬而已。
所以，親愛的，
全心全意感受每一個流過的瞬間吧，
無論是一場意外的暴雨，
還是一道絢麗的彩虹。

91

一朵雲的流動不只是一朵雲的流動，
可能還是整片天空的冥想。
一顆星的發光不只是一顆星的發光，
可能還是整座宇宙的微笑。

92

親愛的，自己就是自己最好的情人。
可以自得其樂的人，就是最快樂的人。

93

學習一棵樹一樣地等待，
然後，你將得到一朵花一樣的答案。

94

你愛他。你說，你願意為他付出所有。
但是，親愛的，這份愛同時有讓你更愛自己嗎？

95

親愛的，與其浪費能量去苦苦思量別人，
不如把心力凝聚在自己身上。
與其想著對方的不好，
不如想著如何讓自己更好。

96

天氣總是有晴有雨，
你的情緒也不必日日見陽，
偶爾陷入潮溼的低潮，
讓自己的腦袋裡滋長一些思想的青苔，
也是一種負負得正的樂趣。

97

想要被別人愛之前，先做一個有能量的人。
想要去愛別人之前，先讓自己有愛人的能力。

98

心若不轉，境怎麼會轉？
人生的方向盤就握在你自己的手裡。
與其抱怨前路歹行，不如另闢蹊徑。

99

只有交換彼此的視線，才能交換誠摯的語言。
只有眼睛對著眼睛，才能心對著心。

100

當一片葉子緊抓著大樹不敢鬆手時，
它的世界只是一片葉子的寬度；
唯有成為一片落葉之後，
它的世界才會無限遼闊。

101

人生不是短跑競賽，
也不是馬拉松比賽，
而是穿著自己選擇的鞋子，
獨自向自己走去的過程。

102

不要輕忽認真對你的人，
不要讓他像一把被你丟掉的傘，
遺忘在某個經過的角落。

103

你並沒有你以為的那樣脆弱。
也許被愛所傷的你經歷了靈魂的暗夜，
但也只有最深的夜晚才能凝結最晶瑩的露水，
相互照見閃閃爍爍的星光。

104

大自然裡處處都有療癒與生機，
服用一整瓶高單位維他命，
也比不上在充滿芬多精的山林裡
一次暢快的深呼吸。

105

所有的美好在它發生的當下就已經完成，
而且也已經永遠停格在那個瞬間。
所以，微笑去想念，
既然你曾經感謝花開，
那麼也該以同樣的心情感謝花謝。

106

不知道該怎麼辦的時候，
就靜靜看著自己，什麼都不要做。
不知道該說什麼的時候，
就靜靜看著自己，什麼都不必說。

107

親愛的，今天的陽光不是昨日的複製，
明日的流雲也不是今天的再版，
你的每一天都是新的一天，
都要以昂揚的心情去迎接。

108

在人生的道路上幾番風雨又千迴百折之後，
你所希望的，也不過就是一個溫暖的擁抱。
那麼，親愛的，若是有人需要你的胸懷時，
也別忘了給他一個緊緊的擁抱。

109

一旦你讓自己成為快樂的源頭，
那麼，只要你在，快樂就在；
不會因為他不在，快樂就不在。

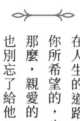

110

沒有什麼理所當然，親愛的，
當你明白能活在此時此刻就是一種無上的幸運，
你必然也會了解，
自己所擁有的是多麼豐盛的恩寵。

111

人生很像一場尋寶遊戲，
但寶藏不在終點，而在過程的時時刻刻裡。

112

你需要陽光之下的友誼，卻更需要月光之下的自己。
你喜歡和好朋友在一起，卻更喜歡和你自己在一起。

113

愛是心電感應，祝福是念力，
所以，笑著想他，相信他很好。
有了你堅定的愛與祝福，
親愛的，他也真的真的會很好。

114

微笑是心裡開出的花朵，一種發自內心的柔軟的力量。
悲傷的時候，用微笑去對抗。憤怒的時候，用微笑去化解。
快樂的時候，用微笑去表達。更有些時候，你不想說話，
沒有話可說，或不知該說什麼話，那就微笑吧。
讓你的微笑去把一切融化。

115

你一直都知道，整個人生只是一場夢，
隨生隨滅，並不真實。
但是，即使知道正在做夢，
你還是希望自己做的是美夢，而不是噩夢。

116

人生只是一場夢裡的遊戲，
你可以認真地做夢，認真地遊戲，
卻不需要對其中的真假和輸贏在意。
反正只是夢，反正只是遊戲，
反正只是夢裡的遊戲。

117

有時候，想是必要的，
也有時候，暫時不想卻更重要。
就像在急湍之中，你只看見漩渦，
唯有到水清之處，你才能看見那片透明。

118

負面的想法總是吸引負面的事件。
所以，轉個念頭吧，
擔憂壞事只會招來壞事，
期待好事才能帶來好事。
親愛的，世界不過是你心裡的回聲，
人生只是忠實地反映了你思你想的結果。

119

夢境是你的靈魂白皮書，
充滿了各種神秘的啟示與預言。
回顧夢境，諦聽自己潛意識裡的聲音，
當作一天開始的第一次靜心。

120

在每一個醒來的早晨，在夢境與現實交會處，
你把每一個昨日當成做過的夢，
並且期待每一個今天都是美麗的夢。
人生不過是夢與夢之間。
如此，你不斷在上一個夢裡告別過去，
也不斷在下一個夢裡迎接未來。

121

親愛的，焦躁不安的時候，就閉上眼睛，
想像自己是一棵山中的樹吧，
並且要像一棵大樹展示全身的葉片那樣盡情放鬆自己。
感覺陽光。感覺輕風。感覺空氣和水。
然後，用一個接一個的深呼吸進行你的光合作用。
如此，你的微笑就是
這棵樹上所開出來的一朵美麗的花。

122

當你把內在的空間開放給空無，
才能感受清風的溫柔，蝴蝶的飛舞。

123

你無法給予別人你所沒有的東西。
所以，要先讓自己飽滿起來，才有能力給予。
因此，先照顧好自己吧，
先把自己當成第一個愛的對象。

124

讓你富有的，不是你所擁有的，
而是你所給予的。
所以，親愛的，記得時常與人分享，
當你給得愈多，你的快樂也就愈多。

125

喜歡一個人很容易，但是愛一個人很難；
因為，喜歡是一種感覺，而愛是一種信仰。

126

一千個虛擬世界的帳號，
不如一個可以一起去散步的朋友。

127

若心是甜的，看出去的世界將是彩色的。
若心是苦的，看出去的世界則是灰色的。
所以，親愛的，要常常以甜食餵養你的心靈。
愛，就是心靈的甜食。

128

你就是你自己永恆的愛人，
至於他，不過是偶然路過你的生命而已。

129

萬事萬物都已經默默地被安排好了秩序，
一切其實不必擔心，
就像通泉草總是裝飾著指水的野徑，
就像指水的野徑
總是通往著你如清泉般的心。

130

如果你也是一片海洋，
那麼發生在你身上的那些事，
就是海邊捲起的浪花。
就算捲起再多的浪花，大海何曾支離破碎？
不管是遭遇了什麼樣的事情，你也依然完整。

131

就像毛毛蟲必須忘記牠的蛹，
你也必須忘記纏縛你的過去，
才能和蝴蝶一樣，
擁有整個芳香美麗的花園。

132

親愛的，當你的能量充沛如流水，
你的心念就會水到渠成地實現。

133

生氣的時候，閉上眼睛，
在心中的森林裡做一個深深長長的森呼吸。
涵養一片心中的森林，
吐納呼吸，消除火氣，
使你隨時隨地口氣清新。

134

你問，為什麼只有你會遭遇到這樣的事情？
親愛的，這就像別人拿到的是十二色的水彩，
你卻領到了二十四色一樣，
上天給了你比別人更豐富的經驗，
為的是讓你可以創作出獨一無二的作品。

135

流水一般的你所奔赴的是明日的大海，
至於過去的心情，就當是紛紛飄墜的落葉。

136

就像花兒需要香氣，你也需要勇氣。
愛一個人，做一個決定，
努力一個過程，承擔一個結果，
都需要勇氣。
也許活著的本身，依靠的也就是這份勇氣。
沒有勇氣的你，一如花兒沒有香氣。

137

這棵蘋果樹和天地戀愛，
結出了你手裡的這顆蘋果。
因為一顆蘋果，
你在冥想中看見了一個世界。
因為一顆蘋果，你和整個宇宙有了連結。

138

親愛的，寂寞本來就是一陣風，
它既然會來，就一定會走。
所以，與其不承認它的存在，
不如接受它的來去。
面對寂寞，什麼都不必做，
只要靜靜看著它來，
只要靜靜看著它走。

139

你和他的相遇，
是磁場的吸引，情感的共振。
你和他的別離，
是靈魂的約定，放下的學習。

140

親愛的，迷路並不可怕，
因為那樣才有機會去發現
另一片不同的天地，
而那說不定正是
讓你成長與轉變現況的契機。

141

一條河不會回顧它的來處，
一朵雲也不會記憶從前的形狀。
你的人生也是這樣，
不論是刻骨銘心還是雲淡風輕，
過了就過了。

142

宇宙的工作很奧妙，
你很難明白祂的旨意，
但一定要相信祂的公平。

143

你認真地在喜怒哀樂，
你認真地去悲歡離合，
你一直是如此渾然忘我，
而不明白自己只是在演一場戲。
這齣戲的名字，叫作「人生」。

144

把他留在昨天，和昨天的你在一起；
至於以後，明日的他歸他，明日的你歸你。

145

如果你希望別人覺得你是個值得被喜歡的朋友，
那麼你就要以讓別人舒服的方式對待他。

146

一朵玫瑰的精華，
在於她無法被分析的美感和香氣。
一個人的獨特，也不在於
他可以被看見的條件，
而是他不能被看見的靈魂。

147

親愛的，你是你的世界裡最重要的那個人，
讓自己快樂是你最重要的責任。

148

昨日像是遠去的飛鳥，在空中不留痕跡。
釋放了昨日，讓它飛去，
明天的你才能得到真正的自由。

149

存在此時此刻，當下即是永恆。
親愛的，全心全意去感受吧。
不要多想煩惱，只要知道陽光很柔，
風很輕，一切都很好。

150

曾經的曾經，無論如何千迴百轉，
後來的後來，都會成為雲淡風輕。

151

宇宙星體分分秒秒都在轉動，
映照於人生的流變，
扣合了世事無常的宇宙法則。
正因為世事無常，因此所有的事情，
不論好壞，一定都會過去的。

152

親愛的，去旅行吧。
去走一段長長的路。
去看看別處的天空和夕陽。
去感受陌生之地的新奇風光。
從舊日的軌道脫離，
在旅行中儲存山川草木的印象，
累積日月星辰的能量，
然後從流動的旅程中找到一個新生的自己。

153

幸福並不是各種條件的累積，
而是一種個性，一種容易感動、能夠欣賞天地萬物、
懂得隨時隨地自得其樂的個性。

154

所有精緻的能量，都有一個純度百分之百的核心。
而親愛的，世界上最珍貴的東西，
就是以你為核心的那顆心。

155

認真地走路，專心地呼吸，
這是讓自己內在的磁場迅速轉換的方式。

156

一切都好，一切都是你生命裡珍貴的經驗。
是因為這些無可取代的經驗，
造就了獨一無二的你。
而人生的價值，就在於那些走過的路，
做過的夢，有過的回憶。

157

每日的生活彷彿是一個周而復始的圓圈，
當你願意深入自己，
願意從外圍的圓周向內在的圓心走去，
生活才不再是一種輪迴，
你才會感到生命的無限。

158

誰都害怕失去，
可是寧可擁有之後再失去，
而不要連失去的機會都沒有。

159

這個世界上沒有誰會屬於誰，
相聚是偶然，離別是必然。
你是你而他是他，就像蝴蝶是蝴蝶而花是花。

160

親愛的，最後的答案從來都不是最重要的，
真正重要的是那個尋找答案的過程。
或者該這麼說，
追尋的過程，已是一切答案！

161

人生是夢一樣的存在，
當下感覺真實的，下個瞬間就消失了。
因此，心裡下了雪也好，開了花也好，
起了風也好，落了葉也好，
都只是心情的輪迴而已，
都只是時間在變魔術而已。

162

當你感到緊張與匆忙，
當你心裡湧起許許多多憂傷，
就凝視一朵花吧，
那是讓你混亂的心迅速安靜下來最美的方法。

163

你看著由你主演的這齣戲，
其中的起伏迭宕都是你千迴百折的心情，
可是你心裡就像看電影那樣清楚：
這並不是真實的存在，
所有的愛恨情愁不過是倒映在人生底片裡，
交錯的光影。

164

親愛的，當你行過人生幽谷的時候，
也不是每一刻的時光都令人沮喪，
總有幾扇窗口的燈光會發亮，
總有幾朵路旁的野花會綻放。

165

你的心靈深處，是你一生的歸處。
只有在你的歸處安定下來，
你才能明白飛鳥飛向天空的自由，
落花飄墜大地的自在，
河流奔入海洋的喜悅。

166

親愛的，你知道嗎？其實你是個創作者，
正在創作屬於你的人生。
你的心靈具有移山倒海的力量，它造就了你的世界——
你相信什麼，你就會成就什麼。
相信有愛，愛就會來臨。
相信奇蹟，奇蹟就會發生。

167

所謂理想，就是荊棘裡的玫瑰。
前往理想的路上總是滿布荊棘，
如果只因為感到困難，就寧可轉身摘取另一片草地上
一採就一大束的甜美小雛菊，那麼它就不能算是理想，
只是一個曾經的美夢。

168

快樂和勇氣都是一種自我敞開，一種向外接納。
快樂的人和勇敢的人都不會害怕未來的變化。
所以，親愛的，
快樂一點，做一個勇敢的人吧。
或許也可以說，
勇敢一點，你才能當一個快樂的人。

169

在宇宙時間裡，春天和冬天是同時存在的，
那是宇宙保持和諧的奧秘。
所以，親愛的，在你的心裡，
也要同時存有花開的繽紛與花萎的寂靜。

170

心思細是體貼別人，神經粗是體貼自己。
他的不快樂不見得是跟你過不去，
但你因他的不快樂而胡思亂想也變得不快樂，
就肯定是和自己過不去了。

171

人生的計畫往往抵不過變化，
可是人生之所以值得你去期盼，
也就在於其間變化多端。

172

你不過是在海邊遊走的旅人，
在現實的浪潮和虛幻的沙灘城堡間
行行復行行的人生過客。

173

人生本來就是一場隨緣順性的散步。
於是你放下那些牽掛糾纏，那些奔忙擾攘，
與你同行的只有你那追隨蝴蝶的眼睛，
以及浮雲一般的心情。

174

當你衷心希望某件事在你生命中實現，
不但要想像它的存在，
還要相信與感謝它的發生，
那麼，總有一天，想像的必然成為真實的，
你所希望的終將成為你所看見的。

175

愛，一種芳香的神奇膠水，
可以消融人們與生俱來的孤獨，
把你的心與他的心黏合在一起，
讓兩個人靠近。

176

冥冥之中，一定有一股神秘的、不可測的力量，
在維持著公平的宇宙秩序。
當你對人的殘酷與自私感到失望時，
要信任這股力量是真實的存在，
就像你看不見風，
卻能感受風吹在臉上的感覺一樣。

177

你的人生永遠有一個未完成的部分，
讓你用想像與期待去裝飾它。
也因為這個未完成的角落，
你的心靈才有進步的空間。

178

永恆不是時間的向前無限延伸，
而是完全滿足於當下。
當下可能有淡淡的陽光和悠悠的白雲，
可能有風鈴的清音如歌，
還一定有一個在永恆之中靜靜微笑的你。

179

喜歡一個人，要像一片葉子飄在風中，
輕盈地悠遊，自在地翻飛，
愉快地感覺那種美好的滋味。

180

親愛的，你是天地之間獨一無二的旅人，
在陽光與月光的交替之中瀟灑獨行。

181

只要天空仍在，
隨時都能抬頭仰望雲的變化，
風的流動，飛鳥的蹤跡，
日子就永遠有光，心就永遠不老。
親愛的，無論如何，
別忘了抬頭看看今天的天空，
在無盡地仰望之中，
再多的憂愁都隨風雲和飛鳥去了。

182

答應自己，每天都要為自己做一件事情。
或許是為自己買一束美麗的花朵，
讓自己有芬芳的心情。
或許是為自己在窗前懸掛一串風鈴，
讓自己有悅耳的鈴聲可聽。
那麼，別等待了，就從今天開始吧。
因為親愛的，愛自己是一個承諾，
一個值得當下立刻行動的決定。

183

想去就去吧，到你想去的海邊去，
給自己留下屬於這個夏天的回憶。
沒什麼不可以，
有時候，無所事事才是最豐富的獲得。
沒什麼不可以，
那是你的海洋，這是你的夏天。

184

外面的世界如海面，
有時波濤洶湧，有時霞光萬丈；
內在的心境卻如海底，
永遠風雨不動，永遠寧靜安詳。

185

親愛的，請記得，
重要的不是你做了多少事，
而是在你做的事裡有多少愛的成分。

186

從一支風車的流轉，你看見了風的存在。
從一抹眼神的交會，你看見了愛的存在。
從一朵花的綻放，你看見了生命的存在。

187

雲在飄，水在流，花在開，葉在落。
但你不做什麼。只是看著。
只是看著身旁的一切順其自然地發生，
看著就好。

188

親愛的，當你處在低潮中時，
不要以為那就是永遠。
再多的陰雨，都只是一段暫時的天氣，
一定會過去。

189

陽光燦爛的時候也是雨滴飄零的時候，
事情總是沒有絕對的好，也沒有絕對的壞。
享受的同時也要承擔，
親愛的，光和雨往往一起來，
恩寵與磨難常常同時存在。

190

你所擁有的一切，
從來都不是理所當然的。
因此，請珍惜現在的幸福，
即使它很微小，也一定是獨一無二的珍貴。

191

夢想是為你點亮未來的燈塔，
照耀了你人生的海面。
如果沒有這座燈塔，人生只是無盡的長夜。
所以親愛的，做自己的燈塔看守人吧，
別讓它暗淡，更不能讓它熄滅了，
要讓它日復一日、夜復一夜，
在你的前方閃閃發光。

192

過去的已經過去，未來的還在未來。
你沒有其他選擇了，只能好好擁抱現在。

193

親愛的，要讓自己好好的。
你快樂了，這個世界也就快樂了。
你幸福了，這個世界才會跟著幸福。

194

只要你「覺得」幸福，
你就「真的」得到了幸福。
所以，用心去感受種種
會讓你覺得幸福的時刻吧！
一片陽光，一杯冰淇淋，
或是一個能讓你微笑的人。

195

既然你總是說，喜歡一個人何需理由？
那麼，喜歡你自己，當然更不需要理由！

196

星星因天空而存在。
魚群因海洋而存在。
你因對自己的愛而存在。
因為你知道愛自己，
所以天空裡才有星星，
海洋裡才有魚群，
這個世界也才有你。

197

親愛的，如果你覺得這個世界美麗又可愛，
那必然是因為，你的心裡有愛，
而且，你的眼睛也一定很美。

198

愛一個人就是愛他真實的樣子。
如果不能接受真實的他，
那麼，這份愛也是假的。

199

抉擇不下的時候，
就假設今天正是世界末日吧。
事情的重要與否，
在你心中自會排出順序。

200

在這個世界上，最重要的一件事，
就是好好愛自己。
好好愛自己，你才有愛人的能力，
也才有讓別人愛上你的魅力。

201

親愛的，就這樣坐下來，
感受天地的無私與無盡，
也感受自己成為風，成為光，
成為存在中的存在。

202

無常即平常。
所以，別再憂心忡忡地預支苦痛，
快樂的時候就好好享受快樂，
等到悲傷真正來臨時，再認真感受悲傷。

203

孤獨是，你知道只有自己一個人，
也安於自己一個人。
寂寞是，你不能接受只有自己一個人，
你還需要別人。
同樣都是一個人的狀態，
但孤獨與寂寞卻是完全不一樣的心態——
孤獨的你是完整的，
而寂寞的你則需要別人來填滿。

204

一沙一世界，一花一天堂，
一顆小水滴裡也有一片海洋。

205

快樂吸引快樂，傷痛吸引傷痛。
是先有了情緒，才有了事件。
所以，如何處理你的心情，
也就等於如何處理你的事情。

206

親愛的，所有的經驗都沒有絕對的好壞，
是你看它的眼光決定了光明或黑暗。

207

常常望向遠方，
那裡有一個超越目前的目標，
值得你全力以赴。
只要常常想著遠方，
現下的階段便是踏向它的石梯。

208

親愛的，在「快樂自在」
和「在乎他人看法」之間
是二選一噢。
只能選一個，你會選哪個？

209

親愛的，想做什麼，去做就是了。
如果一直沒有去做想做的事，久而久之，
你就不知道自己真正想要的是什麼了。

210

你看，天空是如此無邊無際，
你怎能虛度了它的遼闊與晴朗？
只要常常向上仰望，
就不會陷落在情緒的陷阱裡。
天空總是給你一股無邊無際的力量，
你也總是微笑地這麼想。

211

微笑使你成為一朵花，
一朵向著世界綻放的花。

212

人生不也是這樣嗎？
最精采的總是意外發生的，
最驚喜難忘的總是預料不到的。
真正重要的從來就不是目的，
而是獨一無二、不能重複的過程。
該有一場這樣的旅行，
讓你的心像風一樣瀟灑，
也讓你的存在像風一樣自由來去。

213

親愛的，與其以匆忙開始一日行程，
何不在每個清晨給自己一段獨處的時間，
然後以這樣沁涼又清新的心境，
去面對每一個必須奔赴的今天。

214

感謝是一首詩，
因為懂得感謝才能看見生命的美，
而能夠感謝的人就是對生命寫詩的人。

215

在情緒惡劣的火山口，
你噴出的只會是岩漿和烈焰，
燒灼了那個令你生氣的人或許很痛快，
卻也很難不被自己的熊熊怒火所灼傷。

216

你才是你自己的全世界；
在這個世界裡，只有你能當家做主。
回到自己，才是自在。
自己要在，才會自在。

217

親愛的，請記得，
在任何狀況下，遇到任何事情時，
只要向著光，只要往有光的方向走，
就會找到天使所在的地方。

218

若不是因為浪潮周而復始的沖激，
美麗的貝殼又怎會從遙遠的海底被捲上沙灘來？
同樣的，若不是因為對那件事情一再的思索，
親愛的，你又怎會得到心底深處那些發光的珍珠？

219

一個真正自在的人看見的是自己的內心，
而不是猜測別人的內心。

220

過去的事，是做過的夢，
也是留在身後那扇關上的門。

221

光陰的河不停地往前流動，
時時刻刻都不能駐留，
上一刻的相聚醞釀著這一刻的離別，
這一刻的破碎也孕育著下一刻的喜悅。
唯有繼續往前，你才會遇見新的人新的事，
才會展開另一個意想不到的新世界。

222

親愛的，這個世界很大，
與其讓自己陷溺在個人小小的情緒沼澤，
不如去親近無限遼闊的美麗海洋。

223

當你內在的心靈宇宙和諧了，
外在的生活軌道也就美好順暢了。

224

別再多想昨天，安心去睡一覺吧，
明天的一切已經為你準備好了。
每次醒來都像一次開門，一次當日的兌獎，
但親愛的，除非你自己去開啟，
否則永遠不知道門後有什麼，
你又得到了什麼。

225

親愛的，偶爾做一個浪漫的傻瓜又何妨？
許多時候，快樂的秘訣就在於只求付出，不問收穫。
也有些時候，付出的本身，已經是最大的收穫。

226

愛是不該害怕的。
愛的相反不是恨，甚至不是冷漠，而是恐懼。
因為恐懼總是令人緊縮，但愛是綻放。
像花兒一樣，芬芳、美麗、愉悅地綻放。
也像花兒一樣，心裡有愛的人，才是真正的美人。

227

親愛的，你必須在單獨的狀態下，
學習一個人的快樂。
如果你不懂得如何自得其樂，
你的愛情也不會快樂。

228

念頭一轉動，心就打開了。
心一旦打開，這個世界也就不一樣了。

229

微笑是天使的密語，
所以，親愛的，常常對自己微笑，
好運也就會常常對你微笑。

230

當你想開，你就笑開。
當你笑開，你的心也將翩然打開。
然後然後，纏縛的繩索悄悄解開。
然後然後然後，全世界的花朵跟著你的笑顏而綻開。

231

親愛的，對待你的身體，
就像愛惜一株這個世界上獨一無二的花，
天天都要給她很好的陽光、空氣、水和愛，
而不是酒精、尼古丁、脂肪
和一堆沒完沒了的怨艾。

232

一朵小花為你盛開，你珍重她完美的存在。
花的美被包覆在你的喜悅裡，
你的喜悅被包覆在神的看顧中。
此時此地，無邊無際、無始無盡的瞬間和永恆，
花與你與神，同等也同在。

233

只有在黑暗的夜晚，才會出現閃爍的星光。
也只有在面對艱難困頓的時候，
你的心裡才會出現那些閃爍的靈光。

234

生活中難免有沉重的時候，但是沒關係，
你的想像力會帶著你飛離現實的壓力。
情感上偶爾也會千頭萬緒，無所謂，
只要把心靜下來，
你就永遠可以在瞬間回歸內在的自己。

235

淚水沖刷憂鬱的積地，也沖刷傷心的沙洲，
讓你蒙塵的心靈重新與遠方的海洋連結。
能流淚是好的。當淚再也流不出來，
才是心靈乾涸的時候。

236

不要為了一時的不順而抑鬱，
所有的好壞都是暫時的，
都會隨著時間的改變而改變。
也許你還在為春天的落花感傷，
但在它下墜的同時，
樹梢卻已準備結出秋天的果實。

237

當過去與未來統統在你心裡消失的時候，
親愛的，你才能觸及現在的真實，
以及真實之花在這個瞬間綻開的芬芳。

238

每一回喝茶，都當作一次靜心。
於是一杯茶不只是一杯茶，
還是春天的雨水，夏天的薰風，
秋天的明月，冬天的風霜。
喝茶靜心，茶裡有天有地，還有流轉的四季。

239

親愛的，當你遇到困難時，
可以沮喪，但不必絕望，
因為你永遠不知道，
下一刻的你會有什麼變化。

240

人生裡的至痛與絕美，
就像深夜裡的閃電一樣，
總是在最黑的夜裡，有最亮的光。
只要見識了這樣的光這樣的絕美，
所有比夜更黑的痛苦，
剎那間都得到了救贖。

241

你生存在一個大宇宙裡，內在也自成一個小宇宙。
從某個神秘的角度看來，
這兩個宇宙其實是同一個宇宙。
因此，在向外開發的同時，你也必須對內探索，
整個人生才能平衡。

242

親愛的，在這廣大無邊的世界上，
你並不是孤單的一個人。
經過別處的風，也同樣經過你。
感覺風的流動，
你和這個世界就有了奇妙的連繫。

243

未來永遠無法預測。
世界末日也許還在一億萬年以後，
也許就在明天。
那麼，你打算怎麼度過你的今天呢？
明天是不是世界末日，你無法預測，
但是你可以掌握自己，去微笑地面對今天。

244

就這樣靜靜坐著，讓一切靜靜發生。
如果你的腳下生出青草，指間開出花朵，
就讓它們滋生。
如果你的心裡出現飛鳥，髮間揚起蝴蝶，
就讓牠們飛翔。

245

親愛的，上天是多麼愛你，
隨時隨地，只要你願意與大自然親近，
上天就會讓你看見宇宙的豐盈與美麗。

246

與其嚮往別人的舞台，為別人伴舞，
不如創造自己的舞台，
酣暢淋漓地跳一支漂亮的獨舞。

247

海浪從來沒有固定的形狀，
情緒也是隨時變幻無常。
所以你只是靜靜地看著它出現，
再靜靜地看著它不見。
親愛的，你的心無限遼闊，
不是那些情緒的泡沫，
而是那片包容一切的海洋。

248

鬱鬱不樂的情緒一如身上多餘的脂肪，
同樣不健康，都有去除的必要。
所以，親愛的，培養自己的幽默細胞，
看淡一切，偶爾自嘲，常常微笑。

249

你就是一陣清風，就是一道流水，
生命的本質是以流動的形式而存在的。

250

親愛的，不必惱恨自己不夠完美，
正是因為那些小小的破綻，
讓人看見你的真實。
若是執意追求完美，
很可能只是成為一朵假花而已。

251

人間的聚散恰似天上的流雲，在風中變幻無窮，
但無論他在哪裡而你又在何處，
只要有風作為彼此的連接，
愛的念波就永遠不會斷了線。

252

當你感覺自己就是一片大地，
你將發現，遼闊的天空恰似你的心，
虛空而寂靜。

253

親愛的，你一直無條件地被愛著。
天地無私，只要時時與萬物連結，
你將時時感到整個宇宙的恩寵。

254

在這個片刻，一切都沒發生，一切也正在發生。
萬物與四季，什麼都沒做，什麼也都做了。
世界很寧靜，寧靜之中充滿了溫柔而神秘的回音。

255

如果無法享受划船的樂趣，
那就靜靜地聆聽雨滴落在屋簷上的聲音。
晴天有晴天的風光，雨天也有雨天的美麗。

256

親愛的，別把自己困為一條陰暗無光的溝渠，
要讓自己成為一片波光蕩漾的江河。

257

安靜也是一種聲音，
而那些沒有說出口的部分，更是耐人尋味。
所以，親愛的，太多時候，
與其多說，不如少說。
如果欲言又止，那麼，微笑就好，什麼都別說。

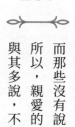

258

親愛的，要愛自己，
因為可以做到這件事情的只有你自己，
沒有其他人能夠代替。

259

人的作為永遠比不上宇宙的設計，
許多目前看似解不開的僵局，
都需要你賦予它更多的盼望與耐心。
所以，請堅持對這個世界的善意。

260

與事件站在同一平面的時候，
你看見的只是局部；
把自己提升到一定的高度，
你才能看見事件的全貌。

261

將手按向胸口，找到心的位置，
感覺生命的跳動。
在冥想之中，你領悟到這樣的跳動，
一如蝴蝶的拍翅，花朵的綻開，
草葉的生長以及溪水的流動。
萬物皆在其中，而其中生機無限。

262

唯有開始通往內在的旅程，
你才能成為生命的旅人。
沒有任何邊界可以阻攔雲的悠遊，
也沒有任何框架可以限制你心靈的自由。
就像天空沒有邊緣，你的內在也無限遼闊。

263

親愛的，與當下和平共處，
永遠都是對待自己最好的方式。
對待你的寂寞，也當如此。

264

也許你從未愛過那個人，雖然你用情如此深。
也許你一直愛著的，只是愛情本身。

265

讓該來的來，讓該去的去，
畢竟一切裡的一切，都只是過程裡的過程。

266

親愛的，你可以左右你的世界，
而你的心，就是這個世界的遙控器。

267

生命中的許許多多，確實是說不清的。
那些沒說的，統統被記錄在歲月的褶痕裡；
那些已說的，也早已被遺忘在走過的道路上。
而不管說或不說，
其中所有難以言喻的心情，天地都知道。

268

每一件事都有一體兩面，
只看個人怎麼去解釋而已；
因此同樣的一件事，
一個樂觀的你看見的都是值得期待的未來，
一個悲觀的你看見的卻是無力改變的過去。

269

信念是你所擁有的最奧秘的力量，
你相信什麼，什麼就是事實。

270

這個世界充滿了奧妙與無限的能量，
當你敞開心胸，
所有的能量都在體內飛舞，迴旋如風。

271

親愛的，如果沒有人送你一朵玫瑰花，
那麼就在心裡為自己種植一片玫瑰園。

272

親愛的，你的人生並不是為了討好誰的歡心。
無論何時何地，無論做什麼事情，
你都只是聽從內在的聲音，
只是因為自己喜歡而已。

273

當你感到憂愁，當你悲傷無助，
只要靜靜坐著，耐心給自己一段時間，
你就會知道，
其實你一直在整個世界的懷抱與看顧之中。
親愛的，萬物與你同在，你並不孤獨。

274

愈是簡單的生活，
愈能品味心靈的豐富。
是的，只需要一個橘子，
你就擁有了整個秋天的幸福。

275

有時候，什麼也不說，
才能聆聽來自宇宙的聲音。
有時候，什麼也不做，
才能把整個世界放進你的手心。

276

昨日是你做過的一場夢。
到了明日，今日就成了明日的夢。

277

親愛的，真正的快樂是時時刻刻
都能全心全意地接受自己，
也接受每一個當下的變化，
月圓月缺如此，花開花謝亦然。

278

注定會遇見的人，注定會發生的事，
全部都已經寫在宇宙的藍圖裡了。
而且，這一切的設計，
都是為了讓你學習愛的課題。

279

想念的時候，請帶著微笑，
因為他感覺得到。

280

要如何確定一段情感是否應該繼續下去，
也許就是看看你喜不喜歡
和那個人在一起時的你自己。

281

親愛的，當你明白自己是個天使，
這個世界就會成為你的天堂。

282

你旅行了無數的地方，
到過高山、深谷與海洋，
最後卻發現，
最渴望抵達的其實是自己的家門。

283

只有從內心深處泉湧出愛，
你才會真正被整個世界所愛。

284

一朵花只會順著天性花開花謝，
就算全世界最有權勢的人，
也不能改變她發自內心的決定。

285

親愛的，你也該做自己的主人，
不被眾說紛紜所影響，
只聽從內在的聲音，
伸展你的枝葉，開出自己的花。

286

就算這一刻再糟糕，也必定會成為過去，
它不過是你生命之中一個永不回頭的經驗而已。

287

布置你的家，
是為了在其中感覺那份溫馨與恬靜。
安頓你的心，
是為了隨時可以回到你自己。

288

許多時候，不是因為事情困難，
所以你才沒有勇氣走上前去；
而是因為你不夠勇敢，
事情看起來才會那麼困難。

289

一切的經歷都是幻影，
所有的感覺都是幻覺。
你微笑著繼續走下去，
明白人生不過是暮色中一場清涼的微雨。

290

親愛的，學習在單獨與靜默中
勇敢地面對自己吧，
你就是所有問題的謎題與謎底。

291

不論你面對的是誰，
其實面對的都是自己，
自己的期待與失望，
自己的困惑與痛苦，
自己的脆弱與逃避。
每一個別人都是你的一面鏡子，
映照出你心底的每一處明暗與崎嶇。

292

風中的風鈴如此輕盈，
你聽著風的聲音，
覺得自己漸漸蕩漾開來，
比落葉還自在，比湖水更寧靜。

293

人生的有趣之處，
正在於你永遠不知道前方會出現什麼樣的風景，
而且總是山窮水盡和柳暗花明相互交替。

294

雨天晴天。晴天雨天。
只要是能讓你感覺愉快的天氣，
都可以是好天氣。
而一件事的發生也是如此，
只要你認定那是好事，它就是好事。

295

親愛的，你可以決定你自己心裡的天氣。
你想著晴天，心裡就會發光；
想著雨天，心裡就有小河淌水。

296

如果追求的過程讓你快樂，
就享受那份快樂。
若只是令你痛苦，那麼你又何必受苦？
知道自己要什麼固然重要，
但知道自己不要什麼，卻更重要。
當人生的加法不能帶給你更多的時候，
親愛的，就改做減法吧。

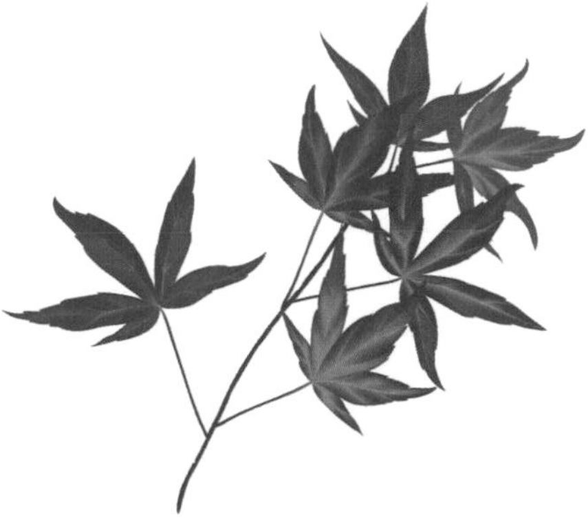

297

真高興看見你。親愛的，
就以這樣的微笑，去面對這個世界吧。
雖然生活裡總有不如意的時候，
但你的心裡也總有一朵正在盛開的花。

298

生活總是喜怒哀樂，
生命總是悲歡離合，
你的自我熱情地投入其中，
你的真我卻冷靜地穿越一切。

299

每天每天，
你可能遇見好人好事，
也可能遇見壞人壞事，
這是人生。
每天每天，
你可能看見花開花落，
也可能看見月圓月缺，
這也是人生。

300

秋天適合省思，也適合懷人；
並且，就從現在開始，
善待你周圍的每一個人。

301

愛是什麼？
愛就是一朵花，以她自身的美，
為她所置身的世界綻放全部的芬芳。

302

人生的高低起伏、悲喜交織，都只是短暫的幻象。
當你心靈飛翔的高度超越了人生的高峰與低谷，
你也就鳥瞰了所有的悲與喜，得到了豁達與自由。

303

如果山是凝固的波浪，海是流動的山脈，
那麼你的心，就是那隻天空裡的飛鳥。

304

如果覺得自己疲憊得像一片度過整個季節的落葉，
就跟著流水去吧。
如果希望自己自由得像一朵擁有整個天空的白雲，
也跟著輕風飛吧。
什麼都別再想，什麼都別多說。
只要相信，明天還是有清澈的河流，也有蔚藍的天空。

305

今日的雲曾是昨日的雨，
秋天的果實曾是春天的花蕊，
在萬象無常的流動之中，
親愛的，別執著於虛幻的擁有，
而要懂得隨時放下的自由。

306

只要有一雙可以張望遠方的眼睛，
就可以在瞬間離開現實的流沙。

307

一片浮雲總是欣然接受
自己任何時候的樣子，
即使化作一場雨，
也將輕快地隨水流去。

308

穿背心的兔子告訴愛麗絲往東走就對了，
紅心皇后卻命令她非往西不可。
但愛麗絲說，這是我的夢，
只有我自己可以決定怎麼做這個夢。
就像愛麗絲面對她的夢一樣，
你也面對著你的人生，
只有你自己可以決定要怎麼度過這一生。

309

別讓沮喪和失望消減了你的意志。
親愛的，在這個世界上，
最巨大的力量就是愛與信念，
你所相信的，必定會實現。

310

總有這樣的時刻，
你放鬆了明日的恐懼，
也遺忘了昨日的憂傷；
在這樣的當下，
你擁有的是悠然的時光。

311

你只是靜靜地與自己在一起，
沒有誰令你掛念，
你也不需要任何人的陪伴，
因為整個世界就在你心底，
而你也在整個世界的懷抱裡。

312

也許他終究只是一個幻影。
也許你念念不忘的並不是他，
而是喜歡他的那個時期的青春無邪的你自己。

313

你需要和朋友相處，但你更需要獨處。
一個人默默地反芻你的喜悅與榮耀，
也靜靜地反省你的軟弱與悲傷。

314

只有在獨處的時候，
你才會掘出深埋的智慧，
才能感覺自己正在靜默地發光。

315

植物生長的三要素是陽光、空氣和水，
人生的三要素呢？
信心、盼望和愛。
對上天的信心。
對明日的盼望。
對這個世界的愛。

316

快樂的期待，是使你心想事成的秘訣。
所有發生在你身上的一切，都是你的意念的結果。
所以，親愛的，耐心地給自己一段時間，
時間必定也會給你一個美麗的答案。

317

有足夠的勇氣原諒自己，
是一樁十分要緊的事。
不浪費生命去對自己的錯誤耿耿於懷，
是一種天使的行徑。
親愛的，過去的就讓它過去，
美好的未來才會到來。

318

有些東西你看不見，但它確實存在，
例如風，例如愛。
走出屋子去吹吹風吧。
打開心門去感覺愛吧。
重要的是，你必須走出門去。

319

管理時間的目的，不是為了得到更多的時間，
而是為了讓自己過得更好啊。
如果不能過得更好，那麼親愛的，
那些更多的時間又有什麼意義呢？

320

人與人之間的相伴相處，
都是向上天借來的時光。
再怎麼愛你的人，也無法陪你到永久。
所以，在還來得及的時候好好對待他，
這是無比重要的事。

321

逃避只會帶來更大更大的陰影，
你以為自己是向前逃跑，
其實只是不斷不斷地往後倒退。
克服恐懼的唯一方法，就是面對它。

322

因為有了光，空白的舞台就有了種種想像。
而你，親愛的，你也正是你自己的燈光師。
在你的人生舞台上，你可以展現各式各樣的光，
變化出種種你想要的模樣。

323

徬徨的時候，是你不適合做決定的時候，
那麼就暫時把自己當作一池湖水，讓自己安靜下來……
等到你的心裡夠清澈了，
自然會成為一道流水，流向你該去的地方。

324

有時候，快樂很難，
可能需要一架龐大的波音七四七。
也有時候，快樂很簡單，
只需要一輛輕巧的單車，
沉寂許久的心就可以乘風飛行。

325

親愛的，如果你不能安定你的內心之家，
那麼哪裡都不會是你的家。
沒有真正的遠方。內心就是天涯。

326

感覺身體像是一條清澈的流水，
汩汩流動著不可思議的能量。
只要讓能量在你的身體之間流動起來，
那麼這條流水就會穿越情緒的千山，
以及徬徨的萬谷，
流向芳草鮮美的平原。

327

就像沙漠裡總有綠洲，
汪洋大海中必然會出現美麗小島，
你永遠不知道前方有什麼正在等待著你。
心灰意冷的時候，
說不定也是一切正在悄悄轉好的時候。

328

夢是一瞬，也是一生。
一生是夢，也是一瞬。

329

有些事，當你一轉身，就成了往事。
往事就是已經永遠成為過去的事。
既然已是過去的事，它就不該再困擾你了。
除非，是你自己頻頻回顧。
親愛的，讓它過去吧，
要有轉身的勇氣，還要有不回頭的決心。

330

你從一朵花裡可以看見整個天堂的縮影，
從一粒沙中能夠想像整個宇宙的無限。
你以溫柔的眼睛凝視著它們，
一如天地萬物以溫柔的眼睛凝視你。

331

得失之間，全看你以什麼樣的心境去體會——
如果你在意的是失去，你就只有失去；
如果你看見的是得到，你就真的得到。

332

這個世界是你的心靈畫布，
以喜悅創作，就得到喜悅的畫面；
以悲傷調色，就得到悲傷的作品。

333

面對星羅棋布的天空，你總覺得自己很渺小，
可是若能將個人的念力投入宇宙大能的巨流中，
誰說不能成就輝煌的心願？
親愛的，把你的心願交託給浩瀚無垠的宇宙吧，
而且要相信，它一定會實現。

334

回顧的時候，也是瞭望的時候。
夜色最深的時候，也是轉向黎明的時候。
在目送舊的它遠走的時候，
也是迎接新的它來臨的時候。

335

花開是好的，花謝也是好的；
晴天是好的，雨天也是好的；
日昇是好的，日落也是好的；
月圓是好的，月缺也是好的。
只要能含笑接受
「人生原本就不完美」這個事實，
那麼一切都是好的。

336

一樣都是獨處，
只是寂寞是一種喧嘩，
而孤獨是一種安靜；
因此你為寂寞時的自己感傷，
卻享受著孤獨時的自己。

337

與其想著「我不喜歡自己」，
不如想著「我將成為一個令自己喜愛的人」。
「我不喜歡自己」這樣的想法
不會讓你成為一個更好的人，
只有「我將成為一個令自己喜愛的人」
才會讓你成為你理想中的自己。

338

這個世界是你心的投射，
如果心境如雨，
看出去就是慘淡的天氣；
如果心境美麗，
看出去就是一片璀璨與琉璃。

339

許多事情悄悄地在你的視線之外進行，
而且悄悄地安排好了它們自己。
天生萬物，天養萬物，
一切其實無須擔心。

340

今天的你因為昨天流過的淚而更堅強更美麗。
至於明天，你會和另一些人另一些事相遇。

341

當一朵花還棲止在枝頭上的時候，
它不過是一棵樹的一部分；
唯有當它從枝頭落下，才成為它自己。
親愛的，你現在所攀附的枝頭，
也並不是你全部的世界。

342

這一切一定會過去。
這一切也一定不是平白無故，
沒有要你白白受苦的道理。
就像黑夜之後，
花葉上總會閃耀著美麗的露珠，
親愛的，當你行過生命的幽谷，
也會泉湧而出一股清新的力量。

343

生命時時刻刻都在流動變化，
你所遭遇的事情必然時雨時晴。
這世界上從來沒有完美的人，
當然也不可能有完美的人生。

344

離開，是離去，同時開始。
所以你要常常保持你的心如展翅欲飛的鳥兒，
並且相信，這裡的離去，就是那裡的開始。

345

天空還是下著雨，
可是窗台上的太陽花開得燦爛又明亮，
因為它自己就是一朵小太陽，不需要靠著別人發光。
天空還是下著雨，可是你心裡的烏雲漸漸地散去，
因為你內在的某個角落也開出了一朵太陽花，
靜靜地發光。

346

一切美好但必需用心尋找的東西，
都值得你繼續去等待，
然後，證明它的存在。

347

幽默的力量大於懊惱的力量。
幽默不是口頭上的伶牙俐齒，
而是心境上的雲淡風輕。
幽默總能自我化解一切。
一個懂得幽默的人，必定也很懂得人生。

348

別再留戀昨日的悲傷，
也別再預支明日的恐懼，
讓今天的自己輕盈地飛起來吧。
飛翔依靠的是一對想像的翅膀，
那就是你所擁有的神秘能量。

349

現實不是關閉你的鳥籠。
因為能夠想像，
因為擁有自由穿梭、自在來去的心靈，
所以你擁有遼闊的天空。

350

只要你的想法帶著光，
你的世界就會是一束綻放的花。

351

走過人生的寒帶時，你需要一個溫柔的朋友，
一如需要一條保暖的圍巾；
有了這個朋友，你就有了抵抗寒冷的勇氣，
一如圍巾為你阻擋了寒意。

352

生命中許多的好好壞壞，
事過境遷再回眸，都成了雲煙一瞬。
親愛的，當你開始懂得這種感覺的時候，
也就是你真正長大的時候。

353

道路的前方一定有什麼在等著你，
可是上路的同時，
別忘了攜帶一朵緩慢的雲與你同行。
有時候，急切會讓你一事無成，
緩慢才是改變現況的神秘力量。

354

唯有外在一切都沉寂的時候，
你才能聽見心底最深處，
那透明又晶瑩的雪花，
輕盈飄落的聲音。

355

總是想著憂愁的事，
你當然會時時感到無力又沉重。
常常想著快樂的事，
這才是讓自己飄飄欲飛的秘訣。

356

到天堂的路，是由地獄的碎片鋪成的；
一個平靜喜悅的靈魂，
是由無數的苦難打磨淬煉而來的。
所以，親愛的，別怕沒有燈火的夜晚，
也無需擔憂明天的自己會忽然陷入困境，
因為，愈是在黑暗裡，
愈能看清楚生命深處的靈光。

357

想哭就勇敢地哭，想叫就痛快地叫吧。
與其讓自己被痛苦堆積成冰雪的山頭，
不如做那個對遠山叫喊的人。

358

美麗，是發自內心的光華，
不會隨著歲月的流失而流失，
只會隨著智慧的增長而增長。
美麗很簡單，就是讓自己舒服，
也讓別人舒服。

359

曾經以為你的悲傷永遠不會過去，
可是後來的你甚至想不起自己為何悲傷。
發生了什麼事？
為什麼你的心境會有如此的改變？
也許什麼事也沒有，只是時間這個魔法師
展現了一個小小的魔法而已。
一切都是過程。一切都會過去。
這是時間魔法的奧秘。

360

就像每年一定都有夏天一樣，也一定都有冬天。
就像一棵花樹需要夏天的蝴蝶來為它傳遞花粉一樣，
也需要冬天的手來為它摘去枯葉，清空枝幹，
以待明年春天長出全新的嫩芽。

361

親愛的，沒有永遠的難關。
再壞的打擊都只是生命裡一個短暫的冬季。
只要放低自己默默捱過去，
四周的風景就會在你低頭前進的時候，
悄悄改換了季節。

362

冷一點沒什麼不好，孤寂一點也無所謂，
也許你生命中的冬天
是為了使你更清醒地面對人生，
也為了使你在北風之中清空自己，
以待明年春天展開新鮮的一頁。

363

不是所有你想要的東西都有了才叫作幸福。
幸福並非全員到齊式的擁有，
幸福是一種時時處於恩寵的狀態。

364

親愛的，再沒有一種關係
是比你和你自己的關係更長久的。
也再沒有一種愛，是比愛你自己更重要的。

365

把每一次醒來都當成一回新生。
讓每一天的開始都成為一場誕生。
一日就是一生。
因為一日一生，所以昨日已是前生了。
因為已是前生，所以也沒什麼不能釋懷了。
親愛的，原諒昨天發生的一切，釋放昨天的自己，
今天的你才能得到真正的自由，
也才能在每一個夜晚安心入睡，
並且期待明日的又一回新生。

國家圖書館出版品預行編目資料

日日朵朵/朵朵著. -- 初版. -- 臺北市：皇冠,
2019. 12
面；公分. --（皇冠叢書；第 4808 種）(朵朵作品集；11)
ISBN 978-957-33-3494-1（精裝）

863.55 108018658

皇冠叢書第 4808 種
朵朵作品集 11
日日朵朵

作　　者—朵朵
發 行 人—平雲
出版發行—皇冠文化出版有限公司
臺北市敦化北路120巷50號
電話◎02-27168888
郵撥帳號◎15261516號
皇冠出版社(香港)有限公司
香港上環文咸東街50號寶恒商業中心
23樓2301-3室
電話◎2529-1778　傳真◎2527-0904
總 編 輯—龔橞甄
責任主編—許婷婷
責任編輯—蔡承歡
美術設計—嚴昱琳
封面・內頁圖—©shutterstock
著作完成日期—2019年11月
初版一刷日期—2019年12月
初版三刷日期—2020年01月
法律顧問—王惠光律師

讀者服務傳真專線◎02-27150507
電腦編號◎573011
ISBN◎978-957-33-3494-1
Printed in Taiwan
本書定價◎新臺幣380元/港幣127元

- 皇冠讀樂網：www.crown.com.tw
- 小王子的編輯夢：crownbook.pixnet.net/blog
- 皇冠Instagram：www.instagram.com/crownbook1954
- 皇冠Facebook：www.facebook.com/crownbook